세상 속으로
소풍을 간다,,,

세상 속으로
소풍을 간다,,,

펴 낸 날 2018년 3월 12일

지 은 이 전진탁
펴 낸 이 최지숙
편집주간 이기성
편집팀장 이윤숙
기획편집 최유윤, 이민선
표지디자인 최유윤
책임마케팅 임용섭
펴 낸 곳 도서출판 생각나눔
출판등록 제 2008-000008호
주   소 서울 마포구 동교로 18길 41, 한경빌딩 2층
전   화 02-325-5100
팩   스 02-325-5101
홈페이지 www.생각나눔.kr
이 메 일 bookmain@think-book.com

• 책값은 표지 뒷면에 표기되어 있습니다.
  ISBN 978-89-6489-830-7 03810

• 이 도서의 국립중앙도서관 출판 시 도서목록(CIP)은 서지정보유통지원시스템 홈페이지
  (http://seoji.nl.go.kr)와 국가자료공동목록시스템(http://www.nl.go.kr/kolisnet)에서
  이용하실 수 있습니다(CIP제어번호: CIP2018007197).

전진탁 시집

세상
상 속으로

소풍을 간다,,,

생각나눔

서
문

시 쓰는 것을 멈춰야겠다며 쓰지 않았던 때가 있었다. 그 시간이 꽤 길었다. 도무지 시를 쓰고 싶은 마음이 들지 않았던 것이다. 그러다 상쾌한 바람이 부는 가을 어느 날, 이른 아침 산책길에서 다시 머릿속이 반짝거렸다. 시를 쓰라는 암시였다. 수많은 단어와 문장들이 머릿속에서 반짝거렸고

– 「뇌별」이라는 시를 통하여 표현함. –

그것을 그때그때 메모하여 수정하기를 거듭하며 썼다.

나의 시는 전에도 그러했지만 지금도 앞으로도 쉬울 것이다. 누구나 쉽게 읽고, 느끼고, 공감하기를 바라는 마음에서다.

때로는 너무 가벼워 시시하게 읽는 시, 때로는 풀잎에 스치는 바람처럼 스스하게 읽는 시, 때로는 잔잔한 미소처럼 소소하게 읽는 시, 때로는 꾸미지 않은 모습처럼 수수하게 읽는 시, 그런 시들을 통하여 하늘, 구름, 바람, 노을, 비, 강물, 바다, 소풍, 산책, 마음, 사랑, 그리움, …. 그런 세상 속 풍경이나 사물, 생각을 같이 더듬어 보고, 느껴 보고, 공감하고, 음미해 보는 시간이 되기를 희망하면서.

강산이 푸르게 번져가는 2018년 봄.

시냇가 징검다리를 건너는 마음으로

또 하나의 시집이 『세상 속으로 소풍을 간다,,,』

전진탁

목차

1부 세상 속으로 소풍을 간다,,,

봄꽃

햇살에 터지고
빗물에 터지고
바람에 터지고
심지어는
경적 소리에도
깜짝깜짝 놀라며
팡팡 터지는 봄꽃

뚝새풀

가을걷이 마친 논에
겨울 지나 봄 올 때
뚝새풀 가득 핀 풍경
애틋하게 바라본 일 있는가!

해마다 수없이 오가며
풍년 바라는 마음으로 흘린
농부의 땀방울
한 방울 한 방울
떨어진 그 자리마다
결의에 찬 모습으로
우뚝 솟아 피어나
갈색 꽃밥 터트리며
풍년가를 부른다

산책

깊은 호흡과
따스한 포옹
그것이면 족하다

먼 산
햇살 받아 은 비늘 번뜩이는 강
숲길이나 바닷가 길
바람과 구름
하늘과 태양
노을 달빛 별빛
산마을 불 피우는 냄새
갈대숲에서 들려오는 새소리
탈색되어 벤치 위를 구르는 낙엽
손등에서 녹아드는 함박눈

느긋하게 걸으며
눈으로, 코로, 귀로, 피부로, 가슴으로
세상 모든 것들을 끌어안는다

깊은 호흡과
따스한 포옹
단지 그것이면 충분히 족하다

길산천 수로에서

무료한 봄날
갈대숲 헤치고
길산천 수로에
낚싯대 드리우니
새가 날고
바람이 일고
마른 갈대 휘청거리네

입수가 되어
밀물이 들어오고
배수가 되어
썰물로 빠지니
가냘픈 찌들이
휘리—휘리릭
급한 물살에 휩쓸려간다

길 잃고 들어왔던
어린 바닷고기 한 마리
허연 배 뒤집고 물결 따라 둥실둥실

죽어서라도 고향으로 돌아가겠다고
머리를 바다로 향한 채
흙탕물 물상여 타고
장엄하게 떠간다

내 세상을 여는 속삭임

안녕!
오늘도 근사하게 열었구나!
멋진 내 세상아!

어제 보내준 하루는 좋았다
늘 그렇듯 그냥 평범한 하루였지만
그래도 정말 좋았다

오후에 뿌려준 비도 좋았고
비가 그친 뒤 내려준 햇살도 좋았으며
살랑살랑 불어준 상쾌한 바람도 참 좋았다

세상아,
오늘도 그렇게만 만들어다오
비도, 햇살도, 바람도 다 좋다

사람에게 주어진 하루하루의 삶
흐르듯 자연스러운
그런 일상이면 족하다

사랑한다!
오늘도 잘 살아 보자!
멋진 내 세상아!

만경강

꿈결 같은 아침에
너를 만나면
마음에 물결구름 일렁거린다

봄
강기슭에서 솟아오르는
푸른 생명들의 손을 맞잡고
윤슬 파닥거리며
너는 덩실덩실 춤을 추었다

여름
장맛비 폭우 속에서
허물 벗듯 물갈이하고는
새 옷 입은 아이처럼
너는 기쁜 표정으로 찰랑거렸다

가을
쓸쓸하게 부는 소슬바람을 맞으며
설움 가득한 표정을 짓고선
늘어진 물버들가지 애원하듯 부여잡고
너는 흐느끼듯 물결 일렁거렸다

겨울
함박눈 맞고 살얼음 위로 스러지는
마른 갈대를 애처롭게 끌어안고
모진 삭풍 이겨내면서
너는 그리움을 삭이고 또 삭였다

다시 봄이 오고
긴 설움과 그리움을 푸른 새싹이 위로할 즈음
상류에서 녹아 흘러 내려오는
차가운 얼음물을 반갑게 끌어안으며
너는 서해를 향해 힘차게 흘러갔다

모기

더운 여름밤
내내 뒤척이다 겨우 잠들려는데
귀찮은 손님

에—엥, 에—엥
짜증 나는 소리로 귓전을 맴도는
모기 한 마리

아까운 잠 도망갈까
차마 눈도 못 뜨고 헛손질만 휘젓는
잠 못 드는 밤

산책 못 가는 날

오메!
바람에 나무들 휘청거리더니

젠장!
먹구름은 왜 몰려오고 지랄이야

우라질!
사정없이 비 쏟아붓네

에라!
배추전 부쳐 막걸리나 마시자

폭우 속 풍경

따갑도록 마른 땡볕 쏟아지더니, 급하게 먹구름 들이치며 소낙비가 쏟아진다. 유월에 갓 심어진 비릿한 논바닥의 어린 모들도 급속히 불어난 흙탕물 속에 잠기고, 제방 옆 밭두렁 채소들도 누런 흙탕물에 잠긴 채 바들거린다.

빗줄기가 그치자 먹구름 사이로 햇살 쏟아져 내려오고 언제 날아왔는지 백로 한 마리가 흙탕물이 유입되는 강기슭에서 가랑이 벌린 채로 연신 머리를 처박는다. 혼비백산하며 수면 위로 튕겨 오르는 어린 물고기들의 처절한 몸부림에도 기어이 백로는 물고기를 낚아채 끄집어 올린다. 그리고는 은빛 퍼덕거리는 송사리를 고개 쳐들어 올려 죄의식 하나 없이 단숨에 꿀꺽 삼킨다.

다시 하늘이 잔뜩 흐려지며 보릿대 같은 굵은 비를 지상에 쏟아붓고, 검은물잠자리 한 마리는 날개 위로 빗방울 튕길 때마다 휘청거리며 힘겹게 풀숲을 향해서 날아간다. 비를 피해야만 내일을 또 살아갈 테니까.

또다시 비가 그치고.

비 그친 사이 삽을 어깨에 걸친 채 논 물꼬 트러 나온 주인 뒤를 종종걸음으로 뒤따르는 발바리 개의 한결같은 모습을 물끄러미 바라보다가 문득, 배신과 편법을 일삼는 힘 가진 자들의 간사한 얼굴들이 발바리 개의 얼굴에 포개진다. 주인에 대한 충성심으로

치자면 그들이 주인을 섬기는 불량한 태도에 비하면 발바리 개가
백배 천배는 더 나을 것이다.

탐욕에 찌들고 모략과 편법으로 주인을 고통 주고 슬프게 하는
위선자들. 헛공약 헛맹세로 자리 얻은 뒤에는 언제 그랬냐는 듯
공공의 일은 뒷전으로 한 채, 주인을 물어뜯고, 뒤통수치고, 자기
나 무리의 잇속 차릴 때만 거품 물고 덤벼드는 가짜 일꾼들. 그래
봐야 보이지도 않는 흙탕물 속에서 갈 곳 모르고 헤매는 가련한
운명인 것을. 백로의 긴 가랑이 사이에서 위태위태하게 지느러미
흔들어대는 송사리 같은 운명인 것을. 숨통 조이는 딱딱한 부리
끝에 매달려 발악하듯 버둥거리게 되는 운명인 것을. 비열하게 살
다가 결국에는 분노한 주인들에게 붙들려 포승줄에 묶여 질 운명
인 것을.

수중생물 살맛 난다

긴 가뭄 끝나고
장맛비 흠뻑 지나간 강가에서
콧잔등만 물 밖으로 내놓고
개구리합창단 요란하게 노래 부른다

수중광장 페스티벌 피라미 떼들은
혼인색 꽃단장하고는
꼬리지느러미 방탕하게 흔들며
이리저리 날래게 헤엄치느라 분주하고

물 넘는 수중보 밑으로 거품 목욕 가는
우렁이, 말조개, 다슬기들은
두껍게 쌓인 펄 위를 기어가며
굵은 선으로 오목판화 그리느라 분주하다

긴 가뭄 끝나고
장맛비 시원하게 다녀간
저녁 노을빛을 기다리는 강물 속에는
수중생물들의 살맛 나는 몸짓으로 가득하다

폰딧불이

바람 선선한 초가을 밤
아파트 옆 논두렁에서
귀뚜라미 소리를 듣는다

이미 오래전
개울이 메워진 뒤로
반딧불이는 보이지 않고
도로변을 고개 숙이고 거니는
폰딧불이만 종종 보인다

반딧불이가 사라진 자리를 서성이며
폰딧불이가 된 사람들

눈빛을 마주하는 소통이
갈수록 그리워지는 세상이다

*폰딧불이: 핸드폰(스마트폰) 불빛을 발광하며 저녁거리를 오가는 사람

커피 마시는 날

맑은 날 오전에는 에티오피아 예가체프
흐린 오후에는 과테말라 안티구아
비가 내리는 창가에선 케냐 AA
우아한 햇살 쏟아지는 날엔 콜롬비아 수프레모
바다가 그리운 날엔 자메이카 블루마운틴
생각의 깊이를 알 수 없는 날엔 인도네시아 만델링
그리움이 가득한 날엔 그냥 아무 커피나
오직 원두로만 내려서 천천히 느긋하게

별3

너를 만나기 위해
늦은 저녁
강가에 섰다
밤하늘에 가득한
너의 반짝거림을 보고 있노라면
시나브로 내 눈망울이 촉촉해진다

너를 보내기 위해
동트는 새벽
언덕에 섰다
밝아오는 여명 속에서
하나 둘 사라져가는 너를 보고 있노라면
시나브로 내 마음이 쓸쓸해진다

전봇대

연중 상시
키다리
무료 광고모델

때때로
사람과 짐승들의
임시 화장실

서리

퍼렇게 시린 아침
야윈 강가 바위 위에
단아하게 내려앉은
청순한 순백

찬란하게 쏟아지는
아침 햇살 끌어안고
사르르 녹아들며
또르르 방울 맺힐 때

따스한 햇살 머금은
너의 환한 금빛 미소
청아한 달빛 머금은
너의 맑은 눈망울

도시화 되어가는 농촌

늘어나는 소음 속에서
새소리 물소리가 멀어져가고
늘어가는 건축물들로 인해
푸른 생명들이 사라져간다

인공적 풍요가 점점 늘어나면서
자연적 풍요가 점점 줄어드는 농촌 풍경을
새로 지은 콘크리트 빌딩 옥상에서
안타까운 마음으로 바라다본다

흐르는 구름

구름이 흘러갑니다
드넓은 하늘 바다를
꿈꾸듯 흘러갑니다

봄날의 구름은
부드럽고 우아한 것이
민들레의 갓털 같습니다

여름날의 구름은
생뚱맞고 뜬금없는 것이
맑은 날의 소나기 같습니다

가을날의 구름은
화려하고 웅장한 것이
거리축제 퍼레이드 같습니다.

겨울날의 구름은
시리고 스산한 것이
강물에 뜬 초승달 같습니다

구름이 흘러갑니다
파란 하늘 바다를
사르르 가르며 흘러갑니다

풍경 소리

마음에
푸른 울림 들어와
뿌옇던 속을
청정하게 만들어 놓네

탁한 마음속을
일순간에 정화시켜 버린
그 풍경 소리

겨울밤

찬바람에 흔들거리는
마른 나뭇가지가 외롭다

언 땅속에선 침묵의 씨앗들이
봄을 기다리며 서럽고
잿빛 구름 뒤에선 야윈 초승달이
보름을 기다리며 서럽다

오직,
가로등만이
쓸쓸한 골목길을 밤새 보듬다
새벽녘에 내리는 함박눈을 바라보며
은은한 미소를 짓는다

너럭바위

낮 구름 하늘에서
꿈이 싹트고
밤 별빛 하늘에서
꿈이 영글면
새벽 미소 머금고
하얀 꿈이 내린다

아침 강기슭
꿈 품은 너럭바위
서리 흰옷 걸친 네게로
따스한 햇살 쏟아지면
녹아 흘러 맺혀지는
맑은 방울들

아롱진 방울마다
그려지는 꿈들을
손끝으로
톡톡 터트려보는
한 방울 웃음
두 방울 만족

해달 뜨고 지고
바람 구름 지나가고
다시 너를 찾아가
지친 몸을 기댈 때
꿈결처럼 포근한 속삭임
내게 들려 주어라

겨울밤 내리는 눈

한밤
정겨운 골목길
담 모퉁이 가로등 아래로
미칠 듯이 아름답게
함박눈 하늘거리며 내려옵니다

양지에서 피어나
호기심으로 세상 훔쳐보는
노란 수선화처럼
수줍은 듯 부끄러운 듯
순진하게 내려옵니다

천국

춥지도
덥지도 않은 곳
들숨에 상쾌함이 가득하고
날숨에 청량감이 가득한 그곳
하늘은 파랗고
바다는 청정
솔숲 푸르고
물빛 한없이 투명한 그곳

가는 곳마다 풍요가 넘치고
어디서든 안전과 자유가 보장되는 곳
사람과 사람이
서로를 배려하고 사랑하는 곳
정겨움이 넘치고
싸움 없이 늘 평화로운 곳

그런 곳이
지구상에 있을까?

해금(奚琴)

애끓는 울음을 운다
넘어갈 듯 넘어갈 듯
끊어질 듯 끊어질 듯
구슬픈 여운을 남기며
고개를 넘고
산을 넘고
설움에 울고
한숨 뿌리고
현을 흔들며
활대 미끄러진다

부드러운 꿈을 꾼다
오를 듯 내릴 듯
뛸 듯 날 듯
고운 선을 그리며
나비가 날고
새가 날고
춤을 추고
흥얼거리며

울림판 흔들어
공명통 노래한다

비가 내리고
바람이 불고
냇물 흐르고
구름 떠가고
해가 기울고
달이 뜨고
눈물 흐르고
가슴 설레고
쓸쓸하고 따스한 인생의 맛을
달랑 두 현의 팔음(八音) 해금은
오묘한 소리 담아 온몸으로 울음 운다

*팔음(八音): 국악기 제작 소재가 되는 8가지 재료 즉, 쇠 금(金), 돌 석(石), 실 사
(絲), 대나무 죽(竹), 박 포(匏), 흙 토(土), 가죽 혁(革), 나무 목(木)을 말함.

크로커스

너는
눈보라 속에서도
절대 움츠러들지 않고
당당히 꽃을 피운다

너는
사람들의 시선을 압도하여
눈길을 사로잡아
너의 향기에 취하게 한다

너의 향기 속에는
고결하고 단아한 기품과
다정하고 따스한 미소를 품은
우아한 아름다움이 있다

나는
우리는
그런 너를
사랑하지 않을 수 없다

사계(四季)

동백 정열로 피어 고결함으로 지고, 매화 강인함으로 피어 우아함으로 지고, 개나리 미소처럼 피고 지고, 목련꽃 우수처럼 피고 지고, 벚꽃 잔치처럼 피고 지고, 진달래 순정처럼 피고 지고, 나비가 너풀너풀 날고, 바람이 포근해지고, 몸이 나른해지고, 아카시아 향기롭게 피고 지고, 찔레꽃 가슴 아리게 피고 지고, 논에 물을 대어 써레질하고, 백로 날아들어 배를 채우고, 봉선화 향수처럼 피고 지고, 연꽃 단아하게 피고 지고, 어린 벼가 푸르게 쑥쑥 커가고, 지루하게 비가 내리고, 강물 흙탕물 되어 무섭게 흐르고, 아스팔트 이글거리고, 호박 넝쿨 지붕 위로 뻗어가고, 매미 요란하게 울어대고, 고추 빨갛게 익고, 지치도록 연일 무덥고, 대추알 옥구슬처럼 열리고, 어린 배추들 풍요롭게 커가고, 해바라기 환하게 웃고, 코스모스 추억처럼 하늘거리고, 바람 서늘해지고, 하늘 시리도록 후련하고, 구름 무리 지어 축제를 펼치고, 벼 이삭 통통 영글어 가고, 강가 갈대와 억새 누렇게 변해가고, 사과 빨갛게 익고, 감 주황빛으로 물들고, 노을빛 황홀하게 번지고, 추수 끝난 논들이 휑하고, 은행잎 노랗게 물들어 한 잎 두 잎 떨어지고, 낙엽 찬바람에 뒹굴고, 서리가 내리고, 겨울 철새 날아오고, 첫눈 그리움처럼 내리고, 강물이 기슭에서부터 얼어붙고, 칼바람 불고, 한파 오락가락 다녀가고, 함박눈 펑펑 폭폭 쌓이고, 밤이 고요해

지고, 추위가 잦아들고, 얼어붙은 강물 녹아 흐르고, 햇살 따스해지고, 철새들 떠나가고, 땅속의 씨앗들 푸릇푸릇 솟아오르고, 물고기 은비늘 번뜩이며 강물 위로 튕겨 오르고, 동백 붉은 정열로 다시 피어난다.

2부 사람은 때때로 사람이 간절하다

안부

공허한 마음으로
아침 강가를 산책하다
반대편 강기슭에서
나를 바라보며 서성거리는
너의 마음을 보다

그리운 이여,
삶이
늘, 항상, 언제나
아름답고 행복하기를

촌부(村夫)

논두렁에서 나는 보았다
구릿빛 사내의 땀방울을
그 땀방울에 투영된 풍요의 소망을
그 소망 안에서 빛나던 한없는 사랑을
그 사랑 안에서 따스하던 함박웃음을
그렇게 행복하게 웃음 짓던 이가
당신이었음을

이 땅의
아들, 딸들에게 헌신하는
아비의 지극한 사랑이었음을

죽어도 좋을 만큼 좋다

햇살
가득 머금은
그대
눈부시게 아름다운 미소가
내 가슴속을
행복으로 가득 채우는
그 순간

아마
- 어디선가 가슴앓이하고 있을 짝사랑을 위하여

아마
내가 당신을 보고 싶어 하는가 봅니다
시시때때로 자꾸만 당신 만날 방법을 찾는 걸 보면

아마
내가 당신을 그리워하기 때문인가 봅니다
시도 때도 없이 당신 모습 떠오르는 것을 보면

아마
내가 당신을 사랑하는 까닭인가 봅니다
하루의 시작에서 끝까지 온통 당신 생각뿐인 것을 보면

아마
당신 마음속엔 내가 없나 봅니다
매번 무표정한 시선만 내게 던지는 것을 보면

아마
나는 바보인가 봅니다
그런데도 흔들림 없이 오직 당신만 바라보는 것을 보면

아버지 떠나시고

아버지 떠나시자
홀로 남은 엄니는
괜히 장독대, 농기구들만 매만지시고
마당 백구는
의아한 표정으로 슬픈 눈만 깜빡거린다

겨울
늦은 아침 대문 앞엔
눈이 수북이 쌓였고
텃밭 비닐하우스는
텅 빈 채로 겨울을 났다

봄
논밭은
쟁기질도 안 된 채로 잡초가 무성하고
볍씨 파종 준비도
더 이상은 필요 없게 되었다

여름
아버지 여름 부인 죽부인은
창고 방에서 잠만 자고
바쁘던 농기계 일꾼들도
헛간에서 긴 여름휴가를 보낸다

가을
손수 일구던 제방 옆 논은
남의 손에서 벼 영글어 가고
집 화단의 나무들도
제멋대로 들쑥날쑥 키가 자랐다

아버지 없는
겨울, 봄, 여름, 가을
모든
지상 만물이
사계절 내내 그리움이더라

사랑

이제
지구상에서
늘
간절하게 보고 싶고
늘
가슴 아리게
그리운 사람이 더는 없다

오직
너로 시작하여
너로 끝난다

그대 만나는 날에

그대 만나는 날에
보슬보슬 비가 오려나
하늘하늘 눈이 오려나
산들산들 바람 불려나

내게로 오는 그대
사뿐사뿐 걸어오려나
깡충깡충 뛰어오려나
나풀나풀 날아오려나

그대 기다릴 나는
두근두근 설렘이려나
해죽해죽 기쁨이려나
폴짝폴짝 행복이려나

그리움6

벚꽃 잎 함박눈처럼 떨어지는 꽃길을
사박사박 꽃눈 맞으며 걸을 때
아롱아롱 그리운 그대 얼굴
하늘하늘 꽃잎마다 포개져 흩날린다

그리움7

밤은 한마디 말도 없었다
단지,
그리움을 잔뜩 품은 짙은 안개만
동틀 녘 강기슭에
설움처럼 뿜어댔을 뿐이다

수면과 대기가 온기를 나누다 잉태하여
아련하게 출산시켜 퍼트리는 안개처럼
사람의 그리움은
애틋함과 보고픔이 서로 부둥켜안고 잉태하여
가슴속으로 아릿한 파동을 일으키며 퍼져간다

그리움8

둥근 보름달 속에
떠오르는 그리움
가슴속으로 끌어다가
아삭아삭 베어 먹는다

어떤 날,
특히 더 간절하게
그리움이 찾아드는 밤에는
별마저 후드득 털어 따다가
낡은 함지박에 가득 담아 놓고
날것 그대로를
오독오독 씹어 먹는다

그리움9

잠 못 이루며
창가를 서성거리다
체념하는 들숨 속에
미련 한 움큼 섞어
창문을 열고
밤하늘로 날려 보내는
그리움 한 날숨

그리움10

깊은 밤
투두둑 떨어지는 요란한 빗소리가
밤의 적막을 깨운다

빗소리가 그리움을 불러오는 밤
그러다가 서서히
그리움이 빗소리를 삼켜가는 밤

비가 내리면 내릴수록
빗방울 소리가 커지면 커질수록
하나하나 떠오르는 그리운 얼굴들은
빗방울 소리가 잦아들어도
마침내 비가 그쳐도
쉽사리 사라지지 않고
가슴에 그대로 남아
무색의 빈 마음을
아련한 빛깔로 물들인다

가시내

사랑했던 그 가시내
참으로 그리운 그 가시내

늦가을
찬바람 지나가며 후두둑 떨어진
낙엽 쌓인 그 길 위로
홀로 서걱서걱 그리움처럼 걸어갈 적에
그 가시내
불쑥 앞에 나타났으면 좋겠네

그리하여
수줍은 미소 날리는
그 가시내와
아무런 말없이 손잡고
낙엽 길 끝나는 그곳까지만
낭만처럼 걸어봤으면 좋겠네

미련2

이제는 아쉬워도 작별해야 한다
버리지 못함은
영혼을 갉아먹고
마음을 황폐하게 한다

바람이 불고
그 바람에 갈대 흔들거리면
가슴에 남아있던 미련도
바람에 실어 떠나보내야 한다

끝내
끝끝내
아쉬워도 작별하여야 한다

사람이 그리운 사내

새벽 강물 위로
피어오르는 물안개가
빠르게 번져가며
세상을 백지로 지워 갔다

회상하는 표정으로
강물만 하염없이 바라보던
서글픈 그 사내도
안개가 단숨에 삼켜 버렸다

갈대가 체념처럼 고개 숙인 강가에
안개가 다시 토해놓은 그 사내는
긴 날숨 아쉬움으로 내쉬면서
그리움만 가득 쏟아놓고 멀어져 갔다

늙은 아낙

무(無)를 꿈꾸는 안개가
세상을 삼키는 이른 아침
가난한 골목 낡은 담벼락에 기대선
기울어진 가로등 밑으로
고장 난 몸을 이끌고
고단한 삶 속으로
늙은 아낙이 간다

저벅저벅 뚜벅뚜벅
느린 듯 분주한 걸음으로
겁도 없이 세상을 집어삼킨 안개를
꿀꺽꿀꺽 씹어 삼키며
고장 난 몸을 이끌고
고단한 삶 속으로
늙은 아낙이 간다

사랑2

아!
콩닥콩닥
그 사람이 온다
소리도 없이 다가와
어느새
가슴 장벽을 무너뜨린다

아!
그 사람이 왔다
허락도 없이
가슴 안으로 쳐들어와
떡하니
한복판에 자리 잡았다

그림자2

있는 듯 없는 듯
가까운 듯 먼 듯
쓸쓸한 듯 다정한 듯

너를 물끄러미 바라보고 있으면
어느 순간
내가 그리워진다

외로움

뼈 마디마디 사이로 부는 칼바람
가슴속은 차갑게 식어 빙판이 되고
두 눈 속엔
앙상한 나뭇가지에 걸친 초승달이 떴다

텅 빈 거리를 걷는 발걸음엔
쓸쓸함이 한숨처럼 채이며 나뒹굴고
가로등 아래 홀로선 그림자 위로
구멍 뚫린 낙엽이 바람에 굴러간다

기억-20140416

진달래꽃 필 무렵
진도 병풍도 북방 세월호 침몰
삶이 아직 영글지도 못한 주검들 위로
눈부시게 맑은 날
슬프게 내리던 수많은 눈물비

팽목항 방파제 난간마다 빼곡히 매달려
애타는 그리움으로 흔들거리는 노란 리본들

'돌아오라, 어서 오라, 빨리 오라, 보고 싶다!'

빨간 등대 앞 하늘나라 우체통엔
눈물로 꾹꾹 눌러 쓴 하늘로 띄우는 편지

'부디 그곳에선 행복하소서!'

슬픔보다 더 슬픈 기약 없는 기다림
아픔보다 더 아픈 진실의 실종
설움보다 더 서러운 무관심 세월

언젠가 온전한 진실이 열리는 날
억울한 넋, 한을 풀고 천상으로 올라가
못다 피운 인생 꽃 아름답게 피우기를….

세월호 희생자들을 추모하며. 2016. 04. 16.

즐거운 날
— 시골 초등학교 첫 동창회

좋은 날
좋은 곳에서
즐겁고 설레는 마음으로
아련한 기억 속의 너를 만나고
정겨운 추억 속의 우리가 만나는 날

그날
그 자리에서
우리들 서로의 얼굴에
함박웃음꽃 활짝 피어나던 날

황소표 이발 기구 세트

마당 너른
봉동 쌍정 돌너와집 1982년
장발 머리 앳된
초등학교 3학년 그대

동쪽 벽돌담 안으로
왕릉처럼 쌓여있던 왕겨 동산
마당 쪽 움푹 파인 그 자리
소쿠리 세워 막대에 줄 매달아
참새 잡던 자리

때때로
참새 잡던 그 자리는
아버지 투박한 손에 이끌려
머리 깎이던 자리

흑백 TV 광고를 보고
한창 유행하던 때 아버지가 구입한
황소표 이발 기구 세트

보자기 두르고
아프게 뜯겨가며
서럽게 깎이던 머리카락들

다 깎이고 나서
밤톨 같은 머리 매만지며
울먹이던 여린 눈망울

아직도 생생한 기억 속
그 시절로 돌아가
농부 아버지 거친 손에 쥐어진 바리캉 앞에
해맑은 미소 지으며 머리 맡기고 싶건만
2014년 1월
갑자기 닥친 병마에
아버지는 끝내 흙의 품으로 떠나가셨다

1982년 그때
머리 깎이며 눈물 글썽이던 어린 자식들이
2018년 지금은
그때의 아버지 모습처럼 변해서
다시
어린 자식들의 아버지들로 되어 있다
그 자식들 이따금씩
아버지 잠든 산에 찾아가
덥수룩하게 자란 아버지 푸른 머리
그리움으로 매만지며 단정하게 깎아 드린다

외로움2

문득문득
사랑했던 사람들이
떠나간 것을 생각한다면
외로움이다

지금 이 순간에도
지구별 여기저기 곳곳마다
다가설 수 있는 사람이 없거나
다가오는 사람이 없음에
사람들은 외롭다

피아노 치는 여자

곡선처럼 느긋하게
직선처럼 단호하게

미풍처럼 부드럽게
소나기처럼 퍼붓듯이

구름처럼 한가로이
파도처럼 격정적으로

기다림처럼 애타게
만남처럼 설레게

이별처럼 슬프게
사랑처럼 달콤하게

왈츠처럼 우아하게
탱고처럼 정열적으로

그녀의 팔과 손이
건반 위에서 춤을 춘다

3부 영혼도 가끔씩 외출을 한다

부활절 달걀

부활절에
아파트 현관문에 걸려 있던
삶은 달걀을 벗겨 먹으며
간절한 기도를 한다

생기 잃은 채
검게 말라 죽어버린
이 시대의 순수 정신들이
다시 부활하기를!

가끔 허투루 살면 좀 어때?

허투루 살지 마라
열심히 살아라
몸 놀리지 말아라
부지런히 벌어라
서민들 삶에
뿌리 깊게 파고든
순리요, 진리니라

몇백 년 살기를 하나
몇천 년 살기를 하나
기껏해야
채 백 년도 못 사는 인생들이
매일매일 습관처럼
몸과 마음을
혹사시키며 살아간다

다들 그렇게 사니까
괜찮다고 스스로 위안 삼으며

어제도
오늘도
내일도
밤낮으로 달려가는
숨 가쁜 사람들

구멍 뚫린 가슴이 되어
자유 영혼 결핍의 삶을
숙명처럼 끌어안고 살아가는
우리 가련한 인생들

뇌별

머릿속이 밤하늘 같아
수많은 글씨들이 마치 별처럼
쉼 없이 깜빡거려
반짝반짝
뇌 속의 별들

어떤 날은
민트향이 가득 퍼져서 참 상쾌해
별천지 속으로 흩뿌려진 민트향은
계속 새로운 글씨들을 생성시키면서
무한 우주 속으로 끝없이 날아가

그런 날엔 펜을 놓을 수가 없어
나도 모르게
자꾸만 별을 따게 되거든

고요한 새벽 밤하늘엔
무수한 별들로 가득하고
나의 뇌별도

수많은 별들로 가득하다
민트향을 가득 품은
반짝반짝
뇌 속의 별들

소망2

무욕(無慾)의 마음으로 숲에서

나무처럼
풀처럼
바람처럼
물처럼
바위처럼
살아가고 싶다

비포장 길

울퉁불퉁
비포장 길에
수많은 돌멩이들이
옹골지게 박혀있다

네모난 돌
둥근 돌
깨진 돌
뾰족한 돌
매끄러운 돌
거친 돌
푸르스름한 돌
거무튀튀한 돌

그 모습들이 마치
각양각색의
사람들 마음을 닮았다

복권

꿈을 꾸며
기대와 설렘으로
너를 만나고
꿈이 깨져
체념과 탄식으로
너를 보낸다

망각
— 어느 노숙자의 잃어버린 기억

기억할 수가 없었다
과거의 시간들을
그날들의 삶을

안개처럼 번지며
가물거리는
기억 저편의 실루엣

기다림으로 삭였다
기억나지 않는 것들이
언젠가 떠오를 거란 믿음

허무함만 남았다
아무것도 없는
뻥 뚫린 공허

세월의 강물을 따라
도도하게 흘러버린
잃어버린 시간들

망각의 시간을 쫓으며
노을 번지는 강가에서
하염없이 울고 또 울었다

틈

들어오고
나가고
물러서고
밀어내고

사람과 사람
물질과 정신
시간과 공간

모든 만물과 삶의
소통과 대립이 생겨나는
그 틈

틈2

저 틈으로 너는 오고
그 틈으로 나는 간다

너는 와서 내 이상을 더듬고
나는 가서 네 현실을 살핀다

저 틈으로 너는 가고
그 틈으로 나는 온다

너는 가서 새 현실을 엮고
나는 와서 새 이상을 꿈꾼다

공허한 숨

새벽 창문 틈으로 들어와
가슴속으로 스며든
고독 한 들숨

푸념이 되어
어둠 속으로 내뱉어진
허무 한 날숨

사망

죽는다는 건
재산도
명예도
탐욕도
사랑도
미움도
희망도
절망도
인연도
악연도
모두 끊고
무(無)로 떠나는 것

오직
산 자들만이 죽는 날까지
그것들과 얽혀 살아간다

추억하다

현재를 달려
미래를 좇으며
과거로 간다

그 거리
그 바다
그 하늘

현재를 달려
매 순간 미래를 향해 가는데
머릿속은 온통 과거다

꾹꾹 눌러쓴 일기장들이
차곡차곡 쌓아 올려진
인생의 시간들

인생이란3

어둠 속에서 왔다가
어둠 속으로 사라지는 그런

별처럼 왔다가
별처럼 사라지는 그런

꿈결처럼 왔다가
꿈결처럼 사라지는 그런

한적한 도로 새벽 네거리 점멸등처럼
삶을 돌아볼 여유도 없이 깜빡거리며 살아간다

휴식

별이 되어라
지친 어깨를 늘어뜨리고
하늘에 고개 기대어 쉬어라

졸리면 자고
긴 잠자고 일어나 박차고 나가
남해안 땅끝으로 떠나는 버스에 몸을 싣자

맑은 공기 가득한 숲길 걷다가
키 큰 소나무들 위로
구름 한가로이 떠가는 파란 하늘을 올려다보자

쉬어라
고된 삶을 숙명처럼 안고 살아가는 사람들에겐
때때로 휴식이 필요하다

영혼의 외출

영혼은
가끔씩 외출을 한다

삶이
지쳐서 위로 같은 휴식이 필요할 때
지루하고 공허해서 산뜻함이 필요할 때
그럴 때
영혼은 본능적으로
이상적 풍경을 찾아 외출을 한다

술

정제되지 않은 언어들이
별처럼 쏟아지고

그리운 사람들이
달처럼 떠오르다가

넋두리가
노래처럼 흘러나오고

무리하다
정신을 초월하기도 하지만

깨고 나면
초췌하고 허탈해진다

회귀(回歸)

품고 있던 모든 가식을 버렸다
걸치고 있던 모든 허울도 벗어 던졌다
투명한 정신만 달랑 남았다
돌아가고 있는 것이다

덧없는 욕심으로 가득했던 시절에서
욕심이 무언지도 몰랐던 순수의 시절로
돌아가고 있는 것이다

저 이기적인 콘크리트 건물들이
메마른 울음 우는 그곳에
가식도 허울도 욕심도 모두 버려둔 채
돌아가고 있는 것이다

울렁증

흐드러지게 핀 봄꽃에
아리게 울렁거리다
시원한 여름 소나기에
촉촉하게 젖어 들고
노을빛 단풍 고운 가을엔
황홀함으로 머물다가
겨울 눈보라 속에선
침묵으로 숨어들더니
다시 피어나는 봄꽃에
살며시 고개를 든다

영혼의 비상

고독은 영혼의 멍이요,
외로움은 영혼의 상처다
어느 맑은 날
그 멍과 상처가 치유되어
자유로운 영혼으로 거듭난다면
고독은 영혼의 등불이 되고
외로움은 영혼의 날개가 되어
더 맑고 투명한 세상을 찾아
거침없이 비상하리라

세월2

바람에게 물으니
스치듯 지나가는 것이라 하네

구름에게 물으니
떠가듯 멀어져가는 것이라 하네

강물에게 물으니
끊임없이 흘러가는 것이라 하네

노을에게 물으니
금세 타들어 가는 것이라 하네

내 가슴에 물으니
소멸을 향해 우주를 관통하며 날아가는 별똥별이라 하네

빗속에서 내뿜어 올린 영혼의 별

어젯밤엔 술잔을 기울였습니다. 얼큰하게 술을 마시고는 터벅터벅 마을 골목을 지나 집으로 돌아가는 길이었지요. 가늘게 내리던 비가 어느새 굵은 빗방울로 바뀌었지만 전 그냥 끊임없이 내리는 비를 맞으며 걷고 또 걸었습니다. 11월에 내리는 비라 꽤 싸늘했지만, 술기운 탓인지 추운 줄도 모르고.

아무런 움직임도 없는 골목길을 어루만지듯 누비며, 오래전 흑백사진 같은 노래를, 엇박자 젓가락 장단 소리로 부르면서, 마을의 정적을 깨우며 걷다, 비틀거리다, …, 그러다 은은한 가로등 밑에서 잠시 발길을 멈췄습니다. 그리고는 고개를 들어 가로등을 물끄러미 올려다보았지요. 가련하게 떨어지는 빗방울들을 따스하게 보듬어주는 그 오래된 골목의 가로등.

"하—아!" 나도 모르게 터져 나온 하얀 입김이 쏟아지는 빗줄기속을 뚫고 가로등 불빛을 향해 내달리더니 금세 허공 속으로 흩어지며 사라졌습니다. 다시 한 번 길게. "하—아!" 내 안에서 나온 하얀 입김은 따뜻한 삶을 소망하는, 맑은 삶을 소망하는, 내영혼의 별이었습니다.

어젯밤 빗속에서 내뿜어 올린 내 영혼의 별은 공허의 어둠 속으로 흔적도 없이 사라져 버렸지만, 날이 갠 오늘 밤엔 저 하늘 어딘가에서 맑은 별과 조우하며 나를 내려다볼 것입니다. 나는 아

마도 내 영혼의 별과 맑은 별이 마주 앉아 정겹게 술잔 기울이는 것을 바라보면서, 나 또한 그네들의 술잔처럼 기울어지며 스르르 잠이 들겠지요. 그러나 깊은 밤이 되면 술에 취한 채 꾸벅꾸벅 졸던 내 영혼의 별은, 바람의 고함 소리에 벌떡 일어나 잠 못 들고 뒤척이는 사람들을 찾아갈 것입니다. 그리고는 지친 영혼을 어루만지는 자장가를 불러주며 그네들이 살고 있는 외롭고 쓸쓸한 골목길을 밤새 따스하게 비춰줄 겁니다.